Para Tamina

Ningún camino lleva a la felicidad;
la felicidad es el camino mismo.
Buda

Copyright © 2000 by Nord-Süd Verlag AG, Gossau Zürich, Switzerland
First published in Switzerland under the title *Der Glückliche Mischka*
Spanish translation copyright © 2003 by North-South Books Inc.

First Spanish edition published in the United States in 2003
by Ediciones Norte-Sur, an imprint of Nord-Süd Verlag AG, Gossau Zürich, Switzerland.
Spanish version supervised by Sur Editorial Group, Inc.
Distributed in the United States by North-South Books Inc., New York.

Library of Congress Cataloging-in-Publication Data is available.

ISBN 0-7358-1818-5 (trade edition)
1 3 5 7 9 HC 10 8 6 4 2
ISBN 0-7358-1817-7 (paperback edition)
1 3 5 7 9 PB 10 8 6 4 2
Printed in Belgium

Para obtener más información sobre nuestros libros,
y los autores e ilustradores que los crean, visite nuestra página en www.northsouth.com

Marcus Pfister

El erizo feliz

Traducido por Diego Lasconi

Ediciones Norte-Sur

New York / London

  Era un día hermoso, y Tino, el pequeño erizo, se sentía muy
contento. Tirado en su jardín, miraba las nubes. A medida que
iban cambiando de forma, le recordaban distintos animales
o plantas.

        A Tino le gustaba mucho su jardín. Sabía el nombre de
cada una de las flores, plantas y hierbas. En realidad sabía más
que el nombre. Tino conocía todos sus poderes curativos.

        El pequeño erizo conocía también a todos los animales
que vivían allí: los reptiles, los mamíferos, los anfibios y hasta
los insectos. Sobre todo conocía muy bien los pájaros. Podía
reconocerlos por su vuelo, su canto y su plumaje.

De pronto, una voz lo sacó de su ensueño:

—¡Qué barbaridad! ¡Otra vez haraganeando en el jardín!

Era el abuelo Tarek, que estaba dando su paseo matinal.

—Los jóvenes ya no sirven para nada —continuó diciendo Tarek—. Cuando yo era pequeño, jamás se me hubiera ocurrido pasarme todo el día tirado, sin hacer nada.

—Pero Abuelo, yo estoy haciendo algo —contestó Tino—. Estoy mirando las nubes, observando las plantas y...

—Ridículo. Es absurdo que pierdas el tiempo mirando el pasto y oliendo las flores. Debes aprovechar que eres joven y empezar a hacer algo importante que en el futuro te haga feliz.

—Pero yo soy feliz aquí en mi... —contestó Tino.

—¡No es posible! Ve y entérate qué hacen otras personas con su vida —le dijo el abuelo mientras se alejaba lentamente.

Tino estaba confundido. El abuelo Tarek no parecía alguien particularmente feliz.

"¿Qué harán los otros para vivir una vida mejor que la mía?", se preguntaba el pequeño erizo. "Tengo que ir y verlo con mis propios ojos. Quizás aprenda algo".

Se puso un bulto al hombro y empezó a caminar.

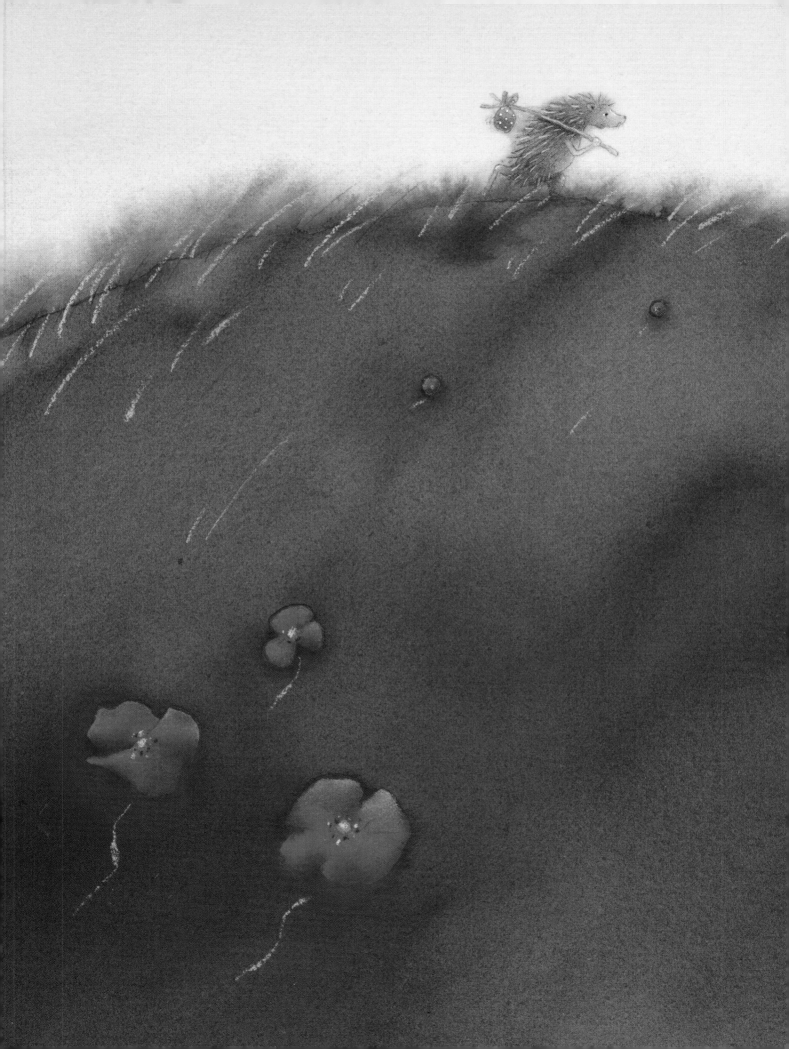

De pronto pasó corriendo una tortuga.

—¡Eh, Tortuga, espera un minuto! ¿Por qué corres? —preguntó Tino.

—Me estoy entrenando —contestó jadeando la tortuga.

—¿Entrenándote para qué? —le preguntó el pequeño erizo.

—Para ser la tortuga más rápida del mundo.

—¿No es un poco difícil correr con ese caparazón tan pesado? —preguntó Tino mientras se rascaba la cabeza.

—Claro que es difícil —contestó la tortuga—. Por eso tengo que entrenarme tan duro. Pero si llego a ser la tortuga más veloz del mundo, seré famosa y feliz.

Eso le sonó bien a Tino.

—Déjame entrenarme contigo —dijo Tino, y se puso a correr.

Pero muy pronto Tino no pudo más. Estaba agotado. La tortuga siguió corriendo sin siquiera voltearse a mirarlo.

"¡Uff! Correr es divertido, pero no así", pensó Tino. Descansó un poco y después siguió su camino, a un paso más tranquilo.

Muy cerca de Tino pasó a toda carrera una liebre.

—¡Eh, Liebre, espera! ¿También tú estás entrenándote?

La liebre lo miró sorprendida. Tino pudo ver que la liebre llevaba unos cuadernos.

—No, no me estoy entrenando. Estoy yendo a la escuela.

—¿A la escuela? ¿Qué es eso? —preguntó Tino.

—Ven conmigo y verás —contestó la liebre.

Tino siguió a la liebre hasta la escuela, y se escondió detrás de un árbol para mirar la clase. La maestra enseñó geografía, suma, resta y caligrafía. Tino no entendió una palabra. En el recreo, llamó a la liebre.

—¿Entendiste todo lo que acaba de explicar la maestra? —preguntó Tino.

—Nada. No entendí absolutamente nada —respondió la liebre—. Yo aprendo todo de memoria. Cuando termine mis estudios, mi cabeza va a estar tan llena que llegaré a ser la liebre más brillante de todas. Ese día, sin duda, seré feliz.

La liebre saludó a Tino y volvió a la clase.

Mientras seguía su camino, Tino pensó que era muy divertido aprender cosas nuevas. Pero no aprenderlas de memoria. Para él era importante entender lo que aprendía.

En el medio del bosque escuchó resoplos y gruñidos. En un claro vio a Tejón tratando de levantar una roca inmensa.

—¿Puedo ayudarte? —preguntó Tino.

Lanzando un rugido aterrador, el tejón levantó la roca por encima de su cabeza, la sostuvo por un momento y la dejó caer. Con un ruido sordo, la roca chocó contra el piso.

Tino retrocedió de un salto.

—¡Casi me aplastas con esa roca! ¿Qué quieres hacer?

—Estoy haciendo pesas. Quiero llegar a ser el tejón más fuerte del mundo.

"¡Ay, no! ¡Otro más!", pensó Tino.

—¿Por qué quieres ser tan fuerte? —preguntó Tino.

—¿Cómo que por qué? Cuando sea el tejón más fuerte del mundo, todos me respetarán. No le tendré miedo a nadie, y eso me hará muy feliz.

Tino se quedó pensando. Sin duda, ser muy fuerte tenía sus ventajas.

—¿Puedo probar? —preguntó.

—Por supuesto —contestó Tejón con una sonrisa—. Lo mejor es que comiences con una piedra pequeña.

Tino trató de levantar una piedra y comenzó a sudar. Con mucho esfuerzo, pudo levantarla hasta la altura de su panza, pero la piedra se le escapó de las manos y cayó sobre su pie.

—¡Ayy! —gritó Tino, y frotándose el dedo dolorido comenzó a lloriquear—. Esto es una tontería.

Tino se hizo la promesa de que sólo volvería a levantar piedras si debía construir una casa o una pared alrededor de su jardín. ¿Pero para hacerse fuerte? ¡No, gracias!

Tino se despidió del tejón y, rengueando, se dirigió hacia las afueras del bosque. Allí vio una fila de hormigas. Las miró fascinado. A primera vista parecía que las hormigas iban de un lado para otro sin un propósito fijo. Pero observándolas mejor, podía verse que cada una sabía exactamente lo que hacía.

—¿Qué están haciendo? —les preguntó. Pero las hormigas estaban tan ocupadas que ni siquiera lo escucharon.

Su abuelo tenía razón. Todos los animales estaban siempre ocupados, y tenían ambiciones. Querían llegar a ser veloces, inteligentes y fuertes para un día ser felices. Pero a Tino le pareció que, mientras hacían todos esos esfuerzos, no disfrutaban de la vida.

Pensativo, Tino comenzó el regreso a casa preguntándose si él quería vivir de esa manera.

Al llegar a su jardín, el canto de los pájaros, las hermosas plantas y las nubes que pasaban lo llenaron de una inmensa satisfacción.

"No. Yo no quiero ser el erizo más fuerte", pensó. "Ni el más inteligente, ni el más rápido. ¿Qué sentido tiene vivir una vida miserable para ser feliz en el futuro, si yo ya soy feliz? A mí me gusta ser como soy ahora; aquí, en mi casa y mi jardín".

Tino escuchó una tos ronca y se volteó. Era su abuelo.

—Dime, Tino, ¿aprendiste algo hoy?

—Sí, abuelo, pero tú tienes tos. Déjame hacerte un té de hierbas del jardín, con un poquito de miel. Te hará muy bien.

—¿Te parece?

—Claro que sí. También conozco otras hierbas medicinales. Sé cómo curar torceduras de tobillo, dolores de cabeza y muchas cosas más.

—Mira qué bien.

El abuelo Tarek buscó un lugar cómodo entre las hierbas y las flores y se sentó a tomar el té. Muy pronto se sintió mejor, y le hizo muchas preguntas a Tino. A medida que escuchaba las respuestas, veía cuánto sabía su nieto, y cuánto había para aprender en el jardín de Tino.